T0024949

AMOR DE ESTUDIANTE

AMOR DE ESTUDIANTE

Ramón G. Guillén

Número de Control de la Biblioteca del Congreso de EE. UU.:   2015908153
ISBN: Tapa Dura   978-1-5065-0473-5
              Tapa Blanda   978-1-5065-0472-8
              Libro Electrónico   978-1-5065-0471-1

Información de la imprenta disponible en la última página.

Fecha de revisión: 01/07/2015

Para realizar pedidos de este libro, contacte con:
Palibrio
1663 Liberty Drive
Suite 200
Bloomington, IN 47403
Gratis desde EE. UU. al 877.407.5847
Gratis desde México al 01.800.288.2243
Gratis desde España al 900.866.949
Desde otro país al +1.812.671.9757
Fax: 01.812.355.1576
ventas@palibrio.com
715282

ÍNDICE

NOTA DEL AUTOR

Cuarenta años duré en atreverme a publicar esta triste y desgarradora historia, cuarenta años viviendo en la tristeza, en la melancolía y la soledad, muriendo poco a poco, cada día, lamentándome al recordarla, tratando de olvidar, tratando de curar y serrar mis heridas. ¡Oh!, ¡cuánto sufrí por ella y cuanto aún sufro! Dicen que el tiempo hace olvidar y cura las heridas del alma y del corazón, mas el tiempo en mí nunca cerró ni curó mis heridas, y nunca hizo que yo pudiera olvidarla, porque aún vive en mis sueños y en mi alma, y día a día, la recuerdo, y al recordarla aún sangra mi corazón por ese gran amor. Nunca nadie supo de mi tristeza y de mi dolor, más que sólo Dios y mi corazón.

Estimado lector, cuando termines de leer esta triste y desgarradora historia, también sangrará tu corazón.

Ramón G. Guillén

Prologo

El tiempo nunca pudo sacarte de mi corazón, aún después de tantos años te recuerdo amor, y al recordarte aún sangra mi corazón. El tiempo nunca pudo borrarte de mi mente, por eso toda mi vida he sufrido al recordarte. Sé que toda mi vida te voy a recordar, por eso toda mi vida por ti voy a llorar. Qué triste es haberte querido como te quiero yo, muriendo sin una esperanza, sin una ilusión, viviendo y muriendo cada día por tu amor. Me pasé la vida recordándote, ¡oh!, cuanto te añoré, cuanto te recordé, yo nunca te olvidé y siempre te recordé. Mi corazón sólo tuyo fue, y nunca de otra pudo ser, porque yo sólo a ti te amé mujer.

Pasaron los años y vinieron nuevos amores a mi vida, mas yo nunca te olvidé, aunque nunca fuiste mía, siempre te recordé, y es que de verdad sólo a ti yo te amé mujer.

Yo era muy joven, cuando perdí aquel gran amor de mi vida, ese amor que todo hombre llega a tener, y que lo es todo en la vida para él, aquel amor divino y celestial que se apodera del corazón y del alma, y de todo el ser de uno. ¡Oh!, cuánto me dolió perderlo, y qué lágrimas tan amargas brotaron de mi corazón cuando lo vi marcharse y lo sentí ya perdido. Nunca más regresó, y yo siempre recordé aquel gran amor de mi vida. ¡Oh!, ¡qué triste es haber amado, sin haber sido correspondido!

¡Oh!, amigos míos, hubo muchas cosas por las cuales luché en la vida poniendo toda mi energía de mi alma y mi corazón y al final fracasé: pero quedé satisfecho y el fracaso no fue tan doloroso porque luché. Pero, en mi corazón se quedó un gran vacío y una gran tristeza, porque ahora al pasar de los años, siento que no luché por aquel amor que tanto quise y tanto soñé. No luché por beber la miel de sus labios en el beso aquel que yo tanto deseé. Amigos míos, luchen por lo que más quieran con todas las fuerzas del alma y el corazón, y si fracasan, al final quedarán satisfechos, porque estarán conscientes de su lucha y el fracaso no será tan doloroso. "Pero, duele mucho darse cuenta que no se luchó por lo que más se quería en la vida".

Yo quise olvidarla, alejándome de ella, alejándome de los lugares donde la conocí, alejándome de los lujares de donde anduvimos y caminamos juntos ella y yo. Mas todo ha sido en vano, día a día la recuerdo y siento un tormento muy grande en mi corazón por no verla.

Ramón G. Guillén

CAPÍTULO 1

SED DE AMAR

*Y*o tenía ocho años de edad, cuando por primera vez, conocí a mi padre quien regresaba de un largo viaje del extranjero; de la tierra que a él le vio nacer, y era extranjera para mí, porque yo había nacido fuera de su país. Él hacía estos viajes con frecuencia, pasaba algunos meses conmigo y luego se marchaba por uno o hasta dos años sin volver.

Catorce años de edad, tenía yo, cuando él regresó del extranjero, para llevarme a su tierra natal. Y así, cambié las montañas y las praderas, los campos y los lagos, por el ruido y la contaminación, por el tráfico y el bullicio de la ciudad. Allí vino a despertar la etapa de mi adolescencia, en un mundo extraño y diferente al mío, de lengua y costumbres para mí.

1

Era una mañana de invierno, y los árboles, los campos y las montañas se habían cambiado sus vestidos amarillos por un vestido color verde, porque se alegraron de la venida del invierno.

Yo tenía tres años estudiando el idioma, la historia y la cultura de estas tierras extranjeras, y como todo joven adolescente, crecía en mí; como crece la corriente de un río después de una fuerte tempestad: el deseo de conocer el amor, y de beber la miel de sus labios.

Tristeza y soledad había en mí. Había buscado tanto a la mujer a quien querer y no la había encontrado. Como busca el niño hambriento con llanto y enojo el pecho de su madre para calmar su hambre; así la buscaba y no la encontraba. Como siente el niño pobre por aquel juguete que siempre ha soñado y no lo tiene: así sentía yo porque no la tenía. Como calma una madre el hambre y el llanto del niño que llora en su pecho: así quería yo que viniera a calmar mi llanto y mi tormento.

Yo llegué a la escuela, esa mañana, y caminaba por uno de sus largos pasillos, cuando la vi por primera vez, su rostro me cautivó el corazón desde el primer momento que la vi, y enseguida mis ojos le dijeron a mi corazón:

—¡Qué hermosa mujer!

Y mi corazón le dijo a mis ojos:

—Yo quiero conocer a esa mujer.

Su piel era bronceada del color de la miel, sus ojos eran negros como la noche, su pelo largo y negro le llegaba hasta sus caderas, y su figura era la de una diosa. Pero lo que más me cautivó, fue su serenidad de sus bellos ojos negros y de su rostro.

Yo tenía diecisiete años de edad para entonces, y la esperaba ansioso, me encontraba solo en el mundo, tenía amigos, pero ellos no llenaban mi soledad.

¡El amor es un misterio muy grande! De tantas mujeres hermosas que yo conocía, ninguna antes me cautivó el corazón, como esa mujer lo hizo la primera vez que la vi. Su hermosura me dio alas de poeta enseguida, y desde que la vi, ya no me podía concentrar en los libros.

CAPÍTULO 2

LOS TRES SUSPIROS

Todos los días, la veía desde que se cruzó en mi camino por primera vez. La veía caminar por esos largos pasillos de la escuela, la veía caminar por los jardines, la veía sentada bajo la sombra de los árboles estudiando y comiendo al mismo tiempo, y de lejos contemplaba su belleza, porque yo no la conocía, y ella no sabía que yo existía en el mundo y que ella existía ya en mi pensamiento.

Aunque mi espíritu tenía sed de amar; yo vivía tranquilo antes que se cruzara por mi camino, porque desde el primer día que la vi, empecé a vivir en el mundo de los sueños y de las ilusiones.

Empecé a buscar la forma para conocerla, y le pregunté a todos mis compañeros de clase si alguno la conocía para que me la presentara. Pero ninguno de ellos la conocía, y yo sufría por mi timidez. Sí, yo era tímido amigos míos. Pero: ¿qué hombre no es tímido ante una hermosa mujer? Pasaron dos semanas y aún no me atrevía a hablarle para que supiera que yo existía en el mundo.

Una tarde, me encontraba en el aula de clases, el maestro enseñaba la materia, pero mi pensamiento vagaba por esos pasillos y jardines de la escuela buscando el rostro de esa bella joven a mis ojos. Recordé que todos los días a esa hora, esa bella joven se encontraba estudiando en la biblioteca. Entonces dejé el aula de clases y me decidí a ir a buscarla. Cuando llegué a las puertas de la biblioteca, la vi al fondo a través de los cristales, entonces mi corazón empezó a palpitar más fuerte y más aprisa, y mi mente buscaba las palabras adecuadas para presentarme. Me acerqué y me senté cerca de ella, abrí mi libro y pretendí estudiar. Ella seguía atenta a lo que estudiaba y ni siquiera se dio cuenta de mi presencia. Entonces después de un rato la interrumpí ocultando mis nervios y mi timidez.

—Disculpa, ¿qué estudias?

Ella levantó su cabeza, me miró a los ojos, con sus ojos negros como la noche, y sentí miedo: como el miedo que siente uno de la obscuridad, luego se dejó ver una sonrisa leve en su rostro, y fue para mí como un sol que hizo desaparecer mi temor.

—Estudio psicología.

Ella contestó.

—¿Te gusta la psicología?

Le pregunté.

—Sí.

Contestó ella. Entonces yo le dije:

—A mí también me gusta mucho la psicología, es una de mis materias favoritas.

Ella dijo:

—Tenemos en común el mismo gusto.

Yo me alegré de su comentario, y al estar escuchando su voz, al ver su mirada y su sonrisa; ¡me di cuenta de cuánto me gustaba! Hubo un silencio porque no supe más que decir, entonces le pregunté:

—¿Cómo te llamas?

—Me llamo Adria.

—Es un nombre muy bonito, como tú.

Ella bajó la vista, y se asomó una hermosa sonrisa de sonrojos a su cara tímida, y me di cuenta que había tristeza en ese rostro y en esos bellos ojos, y esa tristeza la hacía verse bella y divina. En su corazón había una pena y sus ojos no la podían ocultar. ¿Y cómo sabía yo de esto? ¡Oh!, amigos míos; es que los ojos son la voz del corazón, y ellos nos hablan de las penas o alegrías que encierra el corazón del ser amado.

Luego ella me preguntó mientras cerraba su libro y agarraba su bolsa:

—¿Y, tú, comó te llamas?

—Luciano.

Contesté yo.

—Es hora de mi última clase, mucho gusto el haberte conocido, Luciano.

Yo contesté mientras ella se marchaba:

—Para mí ha sido un placer.

Viéndola salir de la biblioteca; miré su negro y brillante pelo que descendía como agua de una cascada hasta su cintura.

De mí salió un suspiro, y me sentí todo un triunfador, porque había dado el primer paso en busca del amor de esa bella mujer.

Luego agarré un lápiz y un papel y empecé a escribir mi primer poema de amor. El primer poema de amor de un poeta. Sí, porque ella fue la primer mujer que despertó mi corazón de poeta. Y yo les diré, amigos míos, que raro es el poeta que no escribió su primer poema de amor por una mujer.

¡Oh!, Adria, ¡cuánto sentía yo ya por ti y tú sin saberlo!

Terminaron las clases ese día, yo me fui a casa por un camino solitario lleno de pinos y sauces.

Hacía un viento frío y fuerte, y por primera vez en mi vida me di cuenta que aquel frío era calor a mi cuerpo, y aquel viento era como besos y caricias ardientes a mis labios y a mi rostro, y suspiré de vuelta al sentir eso. Llegué a casa, y en el jardín aún había unas cuantas rosas, me acerqué a una, y por primera vez, me di cuenta de lo bello que son las rosas y del secreto que encierran en sí, y les dije:

—De hoy en adelante, ustedes serán el símbolo de mis amores.

Miré al torno mío y todo era hermoso, y allí vi a Dios por primera vez, y suspiré de vuelta, pero ese suspiro fue más grande y profundo que los anteriores. Luego entré a casa, dejé los libros encima del piano, y empecé a tocarlo por un largo rato. De mis dedos salían fuertes vibraciones que hacían estremecer esas teclas; y es que eran las vibraciones del amor.

CAPÍTULO 3

EL EMBRUJO DE SUS OJOS NEGROS

E l día siguiente, llegué a la escuela procurando verla como hacía todas las mañanas. Yo sabía por donde pasaba Adria y a que salón de clases ella iba: pero esta vez no la vería pasar únicamente como en otros días, esta vez estaba armado de valor para hablarle y acompañarla hasta el salón de su clase. La vi venir entre los estudiantes, y al instante me acerqué a ella, pretendiendo que iba para el mismo rumbo. Entonces la saludo diciendo:

—Hola, Adria, ¿cómo estás?

—Bien, gracias, ¿y, tú, Luciano?

—Un poco cansado, anoche me desvelé estudiando porque tengo un examen de álgebra hoy.

Contesté yo, luego ella preguntó:

—¿Quién es tu maestro de álgebra?

—Mr. White.

Contesté yo, luego ella dijo:

—El también es mi profesor, lo tengo en el último periodo, y también tengo examen de álgebra hoy.

—Bien, porque no nos juntamos a la hora del almuerzo y así te digo de qué se trató el examen.

—Me parece bien, encontrémonos a las doce del día en la cafetería.

—Perfecto, te veo a esa hora en la cafetería.

Llegamos a su aula de clases, me despedí de ella y me marché a mi clase.

Estando sentado frente a la cátedra, el profesor daba su clase de filosofía, una de las materias que a mí más me gustaba y que nunca faltaba por interesante, pero, esta vez, aunque mi cuerpo estaba allí, me encontraba ausente, porque todo mi pensamiento se encontraba en Adria. Esta clase que siempre se me hacía más corta que todas; ahora se me hacía más larga, porque quería salir para buscarla y verla.

Esa mañana, asistí a tres de mis clases, y en ninguna pude concentrarme pensando en Adria.

Era medio día, ya, cuando salí de una de mis clases para ir a buscarla a la cafetería e informarle sobre el examen de álgebra. Cuando llegué, ella ya me esperaba sentada en una mesa tomando un vaso de agua, entonces le digo:

—vallamos a servirnos algo de comer, yo te invito.

Adria se levantó de la mesa y nos dirigimos a la barra de alimentos, ella tomó una ensalada de verduras, una manzana y un jugo de naranja. Yo pedí un blt sándwich y agarré una soda. Regresamos a la mesa, y Adria dijo:

—Comamos primero antes de abrir los libros.

—¿Qué clases llevas en este semestre?

Le pregunté yo, luego ella contestó:

—Llevo sicología, álgebra, inglés, arte y educación física.

—¿Qué materia te gusta más?

—Sicología.

Contestó ella, luego me pregunta:

—¿Y, tú, Luciano, qué interés tienes? ¿Qué carrera vas a estudiar cundo entres a la universidad?

—Medicina, es lo que ahorita está en mi mente.

—¿Te gusta la medicina?

—Creo que sí, además, quiero estudiar una carrera donde pueda ayudar más directamente a la gente.

—Muy bien, Luciano, es una carrera muy buena, ojalá sí lo hagas.

—Voy a tratar.

Contesté yo, luego empecé a sacar los apuntes de álgebra mientras ella comía su ensalada. Y así, le informé sobre el examen de álgebra para que se preparara.

El siguiente día, la busqué al medio día, porque sabía que a esa hora la encontraría en la cafetería o en el jardín, o debajo de un árbol comiendo y estudiando al mismo tiempo como ella lo hacía a menudo. Primero caminé buscándola por el jardín y no la encontré, luego caminé rumbo a la cafetería, y alli, la encontré, sentada con una compañera de clases de ella, me acercaba a ella, cuando su compañera se despedía y se marchaba.

Ella me envolvió con su mirada al verme, y sentí miedo, miedo como sentí la primera vez que me vio con sus ojos negros, con esos ojos negros que no los podía apartar de mi pensamiento.

Llegué hacia ella, la saludé y le pregunté si me podía sentar; lo cual ella me permitió hacerlo. Después de un pequeño lapso, le pregunté:

—¿Ya comiste, Adria?

—Sí, Luciano, ya comí.

Yo era tímido, y entonces no sabiendo de qué conversar con ella; me atreví a invitarla a caminar por el jardín o por los estanques de la escuela, diciéndole:

—¿Quieres caminar conmigo en el jardín o por los pinos?

—Sí, Luciano, hoy está ausente mi maestra de arte y el tutor que va a cuidar la clase no sabe nada de arte, así que no me voy a presentar a clase.

La escuela aunque estaba situada en medio de la ciudad; estaba construida en un terreno muy grande, en medio de jardines, estanques, campos y grandes arboledas.

Ella aceptó mi invitación, y empezamos a caminar rumbo a los pinos. Por el camino ella me preguntó:

—Luciano, ¿de dónde viene tu nombre?

—No lo sé, probablemente es romano.

Luego dijo Adria:

—Luciano, me gusta tu nombre, suena agradable al oído.

—Gracias, Adria.

Contesté yo un poco sonrojado, y me sentí contento que le gustara mi nombre, pues nunca nadie en la vida me había dicho que mi nombre le gustara. Luego le pregunto yo:

—Adria, ¿y, tú, qué carrera vas a estudiar una vez que te gradúes de esta escuela y entres a la universidad?

—Después de aquí, Luciano, la escuela ha terminado para mí.

—Pero: ¿por qué?, si yo veo que tú eres una mujer muy inteligente, y veo que te gusta mucho estudiar.

—Quizá algún día te cuente el porqué, Luciano.

Y así, empezó el misterio de esa hermosa mujer en mi vida.

Caminamos cerca de una hora por esas grandes arboledas. Conversamos sobre la escuela, sobre las materias que cursábamos, sobre lo que yo planeaba estudiar en la universidad, y al mismo tiempo observando los patos nadar en los estanques, escuchando el canto de los pájaros posados en los árboles, y viendo pasar a los enamorados tomados de la mano. Después la acompañé a su última clase que tenía ella ese día, y luego yo me dirigí hacia la biblioteca a estudiar. Mis ojos leían esas páginas de mi libro: pero, por mi mente pasaba como una película ese paseo con Adria de hacía tan sólo unos minutos.

Era imposible que me concentrara, así que se me ocurrió buscar un diccionario de nombres para buscar el significado de Adria. Con la ayuda de un bibliotecario lo encontré, y empecé a buscar su nombre para leer su significado: Adria: "Una muchacha morena la cual sus ojos negros danzaron con el misterio y el embrujo del amor". Sí, me quedé asombrado al estar leyendo; pues ella era el mismo retrato del significado de su nombre. Y me di cuenta que, en realidad, yo estaba embrujado por esos bellos ojos negros, porque no los podía apartar ni un momento de mi pensamiento. En sus ojos había misterio y hechizo de amor. ¡Oh!, Adria,

¡cuánto me gustabas y cuánto empezaba yo a sentir por ti!

Después, traté de concentrarme en las materias que necesitaba estudiar.

Salí de la biblioteca a las cinco de la tarde, y sentí deseos de caminar por donde habíamos caminado Adria y yo hacía unas cuantas horas. Caminé por el mismo lugar que habíamos caminado, y esta vez observaba la naturaleza con ojos diferentes, y me daba cuenta lo bello que son los árboles, el viento que refrescaba mi cuerpo y mi espíritu, y ese bello atardecer donde Dios pintaba las nubes de color marrón como un pintor.

Ya era tarde, y empecé a sentir frío, el sol ya se había marchado, y la noche se preparaba para cobijar a la ciudad con su manto negro. Entonces me marché a casa.

CAPÍTULO 4

EL AMOR TÍMIDO Y CALLADO

*E*l siguiente día, llegué a la escuela, y la vi vestida tan bonita como nunca la había visto antes, entonces me acerco, y le digo:

—Buenos días, Adria.

—Buenos días, Luciano. ¿Cómo estás?

—Bien, gracias, Adria, ¿y, tú?

Me miró con esos ojos bellos, y por primera vez, vi un brillo especial en sus ojos, y con una sonrisa tierna mientras caminábamos hacia su clase, contestó:

—Bien, gracias, Luciano.

Luego le vuelvo a decir:

—Vienes vestida muy bonita hoy.

—Gracias, Luciano, hoy me desperté sintiéndome contenta, y quise ponerme bonita.

—Pues lo lograste, hoy te vez muy bonita.

Ella sonrió y no dijo nada más. En eso, se acercó Jesse, un compañero de clase de ella, y dice:

—¡Guau!, Adria, que bella estás hoy.

—Gracias, Jesse.

Dijo ella mientras Jesse entraba al salón de clases. Luego ella me dice:

—Hasta luego, Luciano.

Y entró a la clase. Luego me dirigí a mi clase de biología.

Más tarde me dirigí a la cafetería, me serví mis alimentos en una bandeja, y me dirigí hacia a donde estaba Adria con un grupo de compañeros conocidos de ella y míos, llegué y dije:

—Hola, a todos.

Y me senté a comer escuchando la charla del grupo. Y así fui conociendo a sus compañeros de clases y ella a los míos.

Pasaron los días, y Jesse se empezó acercar más Adria todos los días con el propósito de conquistarla. Jesse era un hombre muy atractivo, porque yo siempre escuchaba comentarios de las compañeras de clase que decían que Jesse era un hombre muy guapo. Y sabía yo que no podía competir con él, pues él era el tipo de hombre que por lo atractivo de su físico cualquier mujer quería andar con él, y también era mayor que yo y con más experiencia. Así, que no dudé ningún momento de que Adria lo aceptaría.

Pasaron casi dos semanas que no volví a ver a Adria, todos los días la procuré, pero, no la vi por ningún lugar, y pensé que quizá ya Adria y Jesse serían novios.

Un día, después de clases, me dirigí hacia la cafetería para comer algo, estando sentado comiendo, se acercó Martín con su bandeja de comida y se sentó a comer conmigo. Martín sabía cuánto me gustaba Adria, y me dijo:

—Te tengo buenas noticias, Jesse le habló a Adria para que fueran novios y Adria lo rechazó.

Dentro de mí volvió a brillar la esperanza, y me dije a mí mismo:

—Voy a seguir conquistando su amor hasta que se enamore de mí y acepte mi amor.

Ya era fin de semana, así que no la vería hasta el siguiente lunes. Así que ese fin de semana escribí los poemas, canciones y los versos más románticos que nunca había escrito pensando en ella, le compuse melodías musicales en mi piano y en mi guitarra a Adria, porque yo ya estaba enamorado de ella. Y en realidad, me enamoré de ella, la primera vez que la vi.

Se llegó el lunes, y la vi venir tan bella como siempre entre los estudiantes, me acerqué a ella, y le dije:

—Buenos días, Adria. ¿Cómo estás?

—Buenos días, Luciano. Estoy bien, muchas gracias, ¿y, tú?

—Bien, gracias. Por dos semanas no te vi Adria, ¿estuviste ausente?

—Sí, Luciano, surgieron unos asuntos familiares que me obligaron a estar ausente.

Luego pregunté yo.

—Pero: ¿todo está bien?

—Sí, Luciano, muchas gracias.

—Pues me alegro que ya estés de regreso y que todo esté bien. ¿Comemos juntos a la hora del almuerzo?

—Sí, Luciano, allí en la cafetería te espero.

El siguiente día, llegué a la escuela e hice lo mismo que el día anterior, la acompañé a su primera clase, luego la busqué a la hora del almuerzo, después caminamos por otra de las arboledas, y así, estudiando y comiendo juntos en la cafetería o debajo de un árbol; pasaron diez meses, pasó el año escolar, y yo construí un mundo de sueños e ilusiones. Y creció mi amor por ella. Ya para entonces ya la amaba y aún no me atrevía a confesarle mi amor. Aunque estaba seguro que ella ya lo sabía: pero no me había atrevido a confesarle mi amor, porque nunca vi en ella un interés hacia mí que no fuera el de un hermano o el de un amigo.

Nos habíamos hecho buenos amigos, y nos ayudábamos recíprocamente en nuestras penas y tristezas, y disfrutábamos juntos de nuestros triunfos y alegrías. Pero había un secreto en ella, porque sus ojos me lo decían, aquella tristeza que nunca desaparecía, que siempre estaba en su mirada, aquella tristeza que siempre se dejaba ver en su sonrisa y en su rostro. Aquella tristeza que la hacía verse bella y divina y que muchas veces al tratar de descubrirla diciéndole que me contara sobre esa pena que escondía su alma porque sus ojos y su sonrisa no la podían ocultar me esquivaba mis preguntas y mi deseo de descubrir el porqué de su tristeza siempre era vano.

¡Oh!, cuánto pensaba en ella, y al pensar en ella; cuánto sufría, porque yo la amaba y ella no lo sabía, porque era tímido, tímido como un niño, es por eso que no me atrevía a decirle que la quería, es por eso que no me atrevía a decirle que la amaba, y me decía a mí mismo:

—Si ella supiera lo que siento por ella. ¡Pero no lo sabe!

Sufría por ser tan tímido, y aunque había intentado decirle que la quería: ¡no me atrevía, no me atrevía!

En las noches, en mi habitación decía:

—Mañana le hablaré.

Y llegaba el día y no me atrevía. En las noches siempre estaba pensando en ella, recordaba sus ojos, su sonrisa, su boca, sus labios, su cuerpo, su nombre, y me ponía triste porque ella no sabía que yo la quería, y me decía:

—Mañana le hablaré, mañana le diré te quiero.

Y cuando estaba junto a ella y quería hablarle de mi amor, no sé por qué no me atrevía. No sé porqué me daba miedo confesarle este callado y tímido amor.

Capítulo 5

VACACIONES DE VERANO

Terminó el año escolar, y por dos meses no la volvería a ver hasta el regreso de clases del siguiente año escolar. En esos dos meses de vacaciones escolares, nos gustaba conseguir trabajo a mis amigos y a mí, por lo regular en el mismo lugar, y así, convivíamos todo el verano juntos. Cuando se terminaba el año escolar, éramos como potros que nos daban libre al campo después de haber estado encerrados en el estudio por tantos meses. E íbamos a escalar las montañas, a correr y a nadar en las albercas de los parques para hacer ejercicio, a caminar y a nadar a la playa, los fines de semana a bailar con las amigas a los clubs nocturnos, al cine y a conciertos de música. Y a pesar de tantas actividades; Adria siempre estaba en mi mente, y quería que pronto se llegara el regreso a clases para verla.

Por fin, se llegó el día que regresé a clases, y vi a Adria, y la vi tan bonita como siempre, y me sentí feliz de verla. Me acerqué a ella, y le dije:

—Hola, Adria. ¿Cómo estás?

—¡Hola, Luciano!, estoy bien, muchas gracias, meda mucho gusto verte.

—A mí también me da gusto verte, Adria.

Luego Adria dijo:

—Mira, que bien que ya estemos de regreso a clases. Ya extrañaba regresar.

—Yo también tenía muchas ganas de regresar ya a clases.

Le dije yo. Pero no le dije que me moría de ganas de regresar a clases para ya a ella verla por lo tanto que la extrañaba, porque yo era tímido y aún no me había atrevido a confesarle mi amor.

Y así, conviviendo con Adria, pasaron los meses, y creció más mi amor tímido y callado por ella, y creció tanto que hasta el pecho me lastimaba.

Capítulo 6

CONFESIÓN

*P*or fin, una tarde, estando en mi casa, cansado de mi timidez, cansado de mi silencio, me decidí a ir a buscarla para confesarle mi amor tímido y callado.

Salí al jardín en busca de rosas para cortarlas y dárselas en nombre de mi amor. Encontré sólo una rosa, estaba triste y sola porque no tenía compañera, el frío y la tristeza la estaban matando poco a poco. Estaba pálida, ya casi marchita, ya casi sin aroma. La corté y le dije:

—A los ojos del amor, aún sigues siendo hermosa, y tú representarás mi amor, te regalaré a esa bella joven en nombre de mi amor, y en ti le daré mi corazón, en ti le llevaré mi ilusión, en ti le diré que la quiero, en ti le llevaré mi amor sincero, y si la acepta, viviremos los dos, y si la rechaza, moriremos de tristeza.

Luego me marché rumbo a la escuela. La tarde estaba obscura y fría, porque las nubes ocultaban los rayos del sol, y se preparaban para dejar caer la lluvia sobre la ciudad. El viento era frío, y si en una ocasión lo sentí como caricias a mi rostro: ahora lo sentía como bofetadas a mi cara.

Llegué a la escuela, y la vi venir por uno de los pasillos del segundo piso. Cuando me acerqué a ella, le pregunté:

—¿Ya te marchas a casa?

—Sí, Luciano.

Contestó ella.

Luego le pregunté mientras bajábamos las escaleras:

—¿Quieres permitirme que te acompañe esta tarde a tu casa?

—Te he dicho, Luciano, muchas veces, que a mi padre no le gustaría verme llegar a casa acompañada de un hombre.

—Es verdad, pero nunca me has dicho porqué.

Ella se quedó callada y seguimos caminando hacia afuera en silencio. Llegamos al lugar donde siempre nos despedíamos y hasta donde ella me permitía que la acompañara. Cuando ella se despidió de mí, la detuve diciéndole:

—Adria, permíteme hablar contigo un momento, por favor.

El viento frío levantaba su pelo negro. ¡Oh!, que hermosa se veía a mis ojos. Se escuchaban los truenos de los rayos que se veían en las montañas al norte, porque la tormenta ya caía en esas montañas y se acercaba a la ciudad. Entonces yo le dije:

—Hace tiempo que quiero decirte que te quiero, Ya no puedo callar este callado amor que siento por ti; este tímido amor que por meses enteros me ha estado martirizando el alma y el corazón, este amor que me ha estado quitando el sueño y el apetito. Este amor lleno de ilusiones y de esperanzas que he construido por ti. Quiero que sepas que te quiero, que tú eres mi única ilusión en mi vida.

Ella me miró a los ojos y quería decir algo, pero, había algo que le impedía hablar. Entonces yo le volví a decir:

—Dime si puedes ser la mujer a quien yo pueda querer y tú quererme.

Ella me miró a los ojos, y vi que tan difícil se le hacía hablarme, y me di cuenta que ella pasaba por un momento de confusiones, y no encontraba las palabras adecuadas para dirigirse a mí. Entonces me dijo:

—Con todo mi corazón, con toda mi alma, jamás quise herirte, y jamás me hubiera gustado herirte. Yo siempre traté de ser tan sólo una amiga, una hermana para ti, y que tú lo fueras igual para mí: pero tus sentimientos tomaron otro camino y vinieron a mí en busca de amor: pero no del amor de un amigo o hermano, sino del amor que une a un hombre y a una mujer, y yo no sé si mis sentimientos tomaron el mismo camino que los tuyos, y por eso yo también sufro. Yo sabía ya de tu amor, y sabía que tarde o temprano, cuando ya tu agonía de callar tu amor, fuera dolorosa, me lo dirías, pero, yo no quería que ese momento llegara, porque al confesarme tu amor, sabía que te perdería: y es que no puedo corresponder a tu amor.

Mi corazón se partió en pedazos, y un nudo en mi garganta, hizo que mi voz saliera melancólica y gruesa, entonces le dije:

—Dime, ¿por qué?, quiero saber ¿por qué no puedes corresponder a mi amor?

Ella percibió el momento amargo por el que pasaba, y me dijo:

—Déjame marcharme a casa para pensarlo, mañana te contestaré.

—Está bien, Adria.

Dije yo, y la vi marcharse, viendo como el viento alzaba su pelo largo.

¡Oh!, que tarde tan larga, que noche tan inmensa, me dijo que mañana me dirá, aceptará mi amor, o lo rechazará, ¡oh!, Dios mío, que una sola palabra puede destruir todas mis ilusiones, todos mis sueños, todo lo que he soñado con ella, ¿una sola palabra?

Capítulo 7

DESILUSIÓN

La mañana siguiente, la busqué pero no la encontré, así que tuve que esperar hasta la hora del almuerzo para verla. Cuando la encontre, la invité a caminar por una de las arboledas que más nos gustaba a los dos por tantos árboles que tenía. Caminábamos ya por la orilla de los pinos y al lado de un estanque, cuando le pregunté:

—Quiero saber qué pensaste sobre lo que hablamos ayer, y qué respuesta me tienes.

Ella no dijo nada, y seguimos caminando un poco más, luego dijo:

—Sentémonos aquí.

Nos sentamos en unas piedras enfrente del estanque. Yo miraba el sol brillar en el agua y nadar a los patos mientras esperaba su respuesta, luego dijo:

—Se me parte el alma de tener que decirte que no puedo corresponder a tu amor, y es no porque no sienta nada por ti, yo traté de ser tan sólo una hermana para ti, pero mi corazón al igual que el tuyo tomó el mismo rumbo, y mi lucha por no quererte fue más grande y dolorosa que toda tu tristeza, que toda tu agonía: y es que pronto partiré a un viaje de donde ya no regresaré nunca jamás, mi padre me lleva de regreso a nuestro país natal para ya no regresar.

Ella calló por un momento para frenar las lágrimas de sus ojos antes de que se derramaran y para que su voz de ángel volviera a lo normal. Entonces prosiguió diciendo:

—Esta es la pena que llevo en mi alma, y es la pena que tú siempre quisiste descubrir al ver mi tristeza reflejada en mi rostro. Porque sabía que tarde o temprano emprendería un viaje de donde ya no regresaría jamás, y quería que tú no te llegaras a enamorarte de mí, y yo de ti. Y este viaje puso a mi corazón preso en una celda desde antes que te conociera, y cortó las alas de mis ilusiones y de mi juventud. Por años, para mí no ha habido más tristeza al ver una pareja de enamorados caminar de la mano, disfrutando de su amor. Para mí no ha habido más tristeza el tener que haberle cerrado la puerta de mi corazón a tu amor. Para mí no ha habido más tristeza al encontrarme deseosa de estar enamorada, de besar los labios de quien yo amara mucho y quien me amara a mí. De querer estar con alguien en esas noches hermosas de luna y estrellas, e ir a la mar, y allí en la playa ver y sentir las olas del mar. Caminar muy enamorados hablando uno del otro, y luego cantar, gritar, jugar y correr felices tomados de la mano. Después sentarnos mirándonos a los ojos hablándonos con frases mudas de nuestro amor. Y quedarnos allí a la orilla de la mar a esperar la aurora de la mañana, y ver los primeros rayos del sol, y ver y escuchar el canto de las olas y de las gaviotas, y juntar todo lo hermoso de la naturaleza con todo nuestro amor.

Ella se quedó callada por un momento después de derramar su copa llena de penas, y como si a su alma le hiciera falta el oxígeno; suspiró profundamente, y dijo:

Yo tenía quince años de edad, cuando mi padre me comunicó que al terminar esta escuela nos marcharíamos para ya no volver nunca más. Ya está todo preparado, tan pronto como me gradué de esta escuela, me marcharé para siempre. Es por eso que no puedo corresponder a tu amor.

Yo la escuché atento y paciente, como si una fuerza misteriosa me hubiera obligado a no interrumpir. Ella terminó de hablar, entonces yo le dije:

—No te vayas, Adria, dile a tu padre que te quieres quedar en este país, que no quieres regresar a tu país natal. ¡Y quiéreme como yo te quiero a ti!

Luego ella dijo:

—No puedo, Luciano, tengo que obedecer a mi padre, y él tiene todo el poder sobre mí, y nuestras costumbres y tradiciones son que nosotras tenemos que obedecer a nuestro padre y no revelarnos contra él, y si yo me revelara no obedeciéndole; ya no sería una hija digna de él, y él se sentiría deshonrado por mi conducta.

Yo estaba perplejo, jamás me hubiera imaginado que esa fuera la situación ante la que se encontraba el gran amor que yo sentía por ella, y ante el sueño imposible en que me encontraba. ¡Oh!, misterioso amor. ¿Por qué me arrastraste a esta playa como la tempestad y el furor de las olas del mar arrastran a la barca destruida? ¿Por qué me llevaste a este horizonte de tempestad y dolor como el viento lleva a un ave con las alas rotas? Le hice estas preguntas al amor en silencio, y luego le dije a Adria:

—Tú eres una muchacha culta e inteligente, siempre te ha gustado el estudio del alma, la sicología y la filosofía, es por eso que tú sabes razonar mejor que yo y que muchos de nuestros compañeros. Y yo te pregunto, ¿qué podrán las costumbres y las tradiciones más que nuestro amor? Tú sabes que tú me quieres y yo te quiero.

Luego ella dijo:

—Faltan pocas semanas para la ceremonia de nuestra graduación, yo me marcharé para nunca más volver, y tú te irás a estudios mayores y ya no nos volveremos a ver, debes tratar de olvidarme y a otras mujeres conocer, y a una compañera debes escoger. Para que la encuentres y seas feliz yo rezaré.

Luego yo con el corazón lleno de lágrimas, le dije:

—¡Oh!, Adria, ¡mejor reza por los dos, para que puédanos realizar nuestro amor!

Sus lágrimas brotaron de sus ojos al escucharme decir esas palabras. Secó sus lágrimas, y me volvió a decir:

—Yo rezaré para que tú seas feliz. Ahora permíteme marcharme, quiero irme sola a casa.

Sus palabras eran sinceras porque salían de su corazón, y se notaba su conformidad de tener que marcharse a su país natal: pues por años mientras ella crecía; crecía la idea y la conformidad de que un día se marcharía a su país para ya nunca más volver. Y entonces yo supe que tan difícil sería para mí hacerla cambiar de opinión, y que luchara para que se quedara y así realizar nuestro amor. Ella se puso de pie y se marchó, yo no supe más que decir, sentía como si aquellas alas de poeta que ella me había dado la primera vez que la vi, las hubiera cortado, y ahora sangraba por todos lados por las heridas. Entonces hablé en silencio:

—¡Oh!, Dios mío, tanto tiempo esperando la mujer de mis ilusiones, tanto tiempo esperando la mujer que siempre había soñado, y hoy que la he encontrado y que le he hablado de mi amor me ha rechazado. Tanto tiempo viviendo solo, porque la buscaba y no la encontraba, porque la esperaba y no llegaba, y hoy que la he encontrado me ha rechazado.

¡Oh!, misterioso amor, cuanto hay que hacer para conseguirte. ¿Cuánto hay que pagar? ¿Lágrimas o alegrías? He sufrido tanto para conseguirte y aún no te tengo, ¡cuestas mucho amor!, cuestas tristeza, dolor, lágrimas, amarguras, ¡cuestas mucho amor, y aún no te tengo! Muchas veces me he preguntado: qué en verdad tengo que pagar tanto para conseguirte, y me pregunto, ¿y algún día que ya te tenga seré feliz? Después por lo tanto que he pasado, después de tantas lágrimas y humillaciones, y después de conseguirte ¿qué?, ¿lágrimas o… alegría?

Después de que ella se marchó, yo me quedé allí por un largo rato. Luego me marché a casa. Cuando llegué me encerré en mi cuarto, y deposité todas mis penas en mi piano y en mi guitarra. Transcurrieron las horas y llegó la noche, entonces puse mi cabeza sobre la almohada, traté de dormir, pero, no pude, y empecé a hablar con Dios de mi dolor.

—!Oh!, Dios mío, qué dolor tan grande, doliente y desesperado siento esta noche, quisiera dormir para calmar este dolor tan grande que me está matando, pero no puedo. Quisiera levantarme y correr como un loco para disipar mi dolor, pero no tiene caso. Allí está una botella de vino; pero bebérmela no tendría caso tampoco. ¡Oh!, Dios mío, qué dolor tan grande siento esta noche, ayúdame a dormir. Dime, ¿por qué a mí me has negado lo que muchos tienen? Tú sabes cuánto te lo he pedido, y no sólo te lo he pedido, sino que he luchado con todas las fuerzas de mi vida para conseguirlo: pero, sin embargo, se me ha negado. ¡Oh!, háblame, dime si para mí no nació el amor. ¿Dime si yo no tengo derecho de tener un amor? Estoy cansado de vivir tan solo, de no tener a nadie con quien compartir mi vida. Háblame. ¿Dime si para mí no nació el amor? ¿Dime si yo no tengo derecho de amar? ¿Si nunca va a venir el amor que toda mi vida he esperado? Y si es así, aunque Tú me diste la vida, no quiero vivir, mándame la muerte, quiero morir si el amor a mi vida nunca va a venir.

Al ver que no podía dormir, me levanté, tomé mi guitarra en las manos y empecé a ponerle música a unos de los tantos poemas de amor que había escrito por esa bella mujer.

El día siguiente, era sábado, así que no la vería hasta el lunes. Toda esa noche, todo el sábado y el domingo me quedé encerrado en mi cuarto, refugiado en mi piano y en mi guitarra, creando y arreglando música para esos poemas de amor, de ilusión, de esperanza y de ensueños que había escrito por ella.

Llegó el lunes, y la busqué por doquier, caminando con el peso de la tristeza y de la desilusión. Pasaron varios días sin verla, algunas veces por las tardes miraba a través de las ventanas del segundo piso del edificio de clases con la esperanza de verla, otras veces, caminé por los jardines y las arboledas, otras veces, me senté a la orilla de los estanques, donde solíamos sentarnos ella y yo, con la esperanza de verla, pero, no la vi.

Por fin, después de muchos días, la vi sentada una tarde en las piedras de aquel estanque del cual solíamos sentarnos ella y yo. Pero esta vez la vi diferente, ella, ya no era la Adria de antes para mí, esta vez la vi como una reina para mí, y yo me sentí un plebeyo, que sería mucho siquiera soñar con su reina. Y era por lo tanto que yo la amaba y por lo lejos que la sentía de mí.

Me acerqué a ella, miré sus bellos ojos negros y luego miré su rostro, y vi una tristeza profunda en su rostro, hasta lo vi pálido y enflaquecido. Luego dije yo:

—Hola, Adria, ¿estás bien?

Ella no dijo nada, tan sólo me brindó una sonrisa. Entonces volví a decir yo:

—Has estado ausente por muchos días.

—Sí, me vi forzada a estar ausente por algunos días.

—¿Preparando tu viaje?

Pregunté yo.

—Sí, Luciano.

Me contestó ella, y sentí su aliento como un dardo que se clavó en mi corazón. Pero también sentí la pena y la agonía que se encerraba en su corazón. Y su tristeza se reflejaba más que nunca en sus bellos ojos negros y en su rostro angelical. Entonces le pregunté:

—¿Serás feliz algún día en tu país? ¿Encontrarás a alguien que sea capaz de arrancar la pena y la agonía de tu corazón? ¿Podrá él hacer aparecer tu sonrisa a tu bello rostro? ¿Encontrarás a alguien que pueda destruir la nube de tristeza que hace esconder el brillo de tus bellos ojos negros? Y ¿podrá hacerte feliz, tan feliz como yo te pudiera hacer? ¡Oh!, Adria, qué desgracia la nuestra, tú te marcharás de mi vida porque no tienes el valor de revelarte contra las costumbres y las tradiciones y quedarte a mi lado para realizar nuestro amor. Y tú para mí ahora eres como la espuma que poco a poco te desvaneces en mis ansiosas e inquietas manos. Eres como el humo que nada más puedo verte pero tocarte no. Eres neblina, eres imposible para mi vida. Y yo soñarte tanto sabiendo que eres como un fantasma, que nunca podré besar tus labios, tocar tu cuerpo, sentirte mía, porque eres imposible para mi vida, porque así tú lo quieres, vida mía.

Luego ella con la mirada perdida, viendo los fantasmas de la nada, dijo:

—Nadie sabrá de mi sufrir. A todos les diré que soy feliz, nadie sabrá de mi desgracia, todos me verán feliz. ¡El sufrir será nada más para mí!

Ella calló por un momento. Luego volteó la cara para que yo no viera sus bellas lágrimas que rodaban por sus mejillas.

¡Oh!, amigo mío, si tú hubieras bebido esas lágrimas en una copa: sabrías el dolor y la amargura que llevaban consigo. Yo lo sabía, porque mi corazón amaba al corazón de ella, y el corazón de ella amaba al mío, y cuando dos corazones se aman, no hacen falta las palabras para entenderse y para saber las penas o las alegrías que sienten.

Luego Adria continuó:

—A mí me hubiera gustado ir a la iglesia con alguien a quien yo amara mucho y quien me amara a mí. Para la mujer no hay alegría más grande que el hacer los preparativos de su boda, y soñar con el día que llegue su boda. A mí me hubiera gustado realizar nuestro amor, y un día casarme contigo, y esperar con ansias el día de la ceremonia para entregarte mi vida entera. Pero el cruel destino no me permitió realizar estos sueños. Y mis preparativos son otros sin yo querer hacerlos, y me duele tanto en mi pecho y en mi rozaron hacer preparativos para este largo viaje de donde ya no regresaré nunca jamás, me voy de tu lado y de esta tierra sin yo querer irme, y ¡tengo que decir adiós!

Yo moriré incompleta, porque yo jamás conocí el amor, porque yo me quedé con la ilusión de amarte con el amor más loco y desesperante, porque mi cuerpo sintió el temblor de mi corazón al verte cuando te acercabas a mí. Porque mi alma conoció el deseo de estar a tu lado cuando nuestro amor no podía ser.

Por eso me rebelo contra la vida, contra el cielo y contra todo. Porque están en deuda conmigo, porque no puedo morir sin antes haber amado.

El ambiente estaba lleno de melancolía y de desahogos, entonces yo le dije:

—No digas eso, porque en tus manos está tu felicidad y mi felicidad, y tú tienes el poder de decidir.

Luego ella dijo:

—No es fácil liberarse de las cadenas de las costumbres que una ha llevado por toda una vida, y yo sólo soy una flor en medio de la tempestad y de la tormenta, y que puedo hacer contra ellos.

Tú viniste como un pájaro con frío y extraviado a mi árbol, y construiste tu nido en mis ramas con la paja de las esperanzas e ilusiones, y esas esperanzas e ilusiones para mí eran espinas dolorosas clavadas en mi corazón, porque sabía que nunca podrías habitar ese nido que construías en mi árbol con tanto anhelo, con tanta ilusión.

¡Oh!, Luciano, yo quiero no pensar más en ti, pero no puedo. Siempre estoy pensando en ti, y mientras menos quiero pensar en ti, más pienso. Tú me estás matando con tu recuerdo, siempre estoy pensando en ti, en la noche cuando estoy en mi almohada, cierro mis ojos y te veo, veo tu sonrisa dulce y escucho tu voz en mi corazón. Abro mis ojos para no verte, pero siempre estás en mi mente. ¡Oh!, Luciano, yo quisiera no recordarte más: pero cuando menos quiero recordarte, te recuerdo más.

Transcurrieron las horas, el sol se había ocultado ya sin darnos cuenta, y se escucharon los pájaros cantar en los árboles, y en una ocasión esa canción me produjo alegría; pero ahora me producía tristeza. Nuestras almas y nuestros corazones querían estar juntos, y tanto ella como yo queríamos hablar de nuestro infortunio. Entonces yo dije:

—¡Oh!, Adria, me hice tantas ilusiones contigo, soñé tanto decirte te quiero, y después darte un beso de tímido adolecente. Hice tantos planes como decirte te quiero y luego darte un beso cual nunca lo había dado: pero aquella tarde fría, obscura y lluviosa que te dije: ¡yo te amo!, aquella tarde que por vez primera me atrevía a hablarte de mi amor tímido y callado, me rechazaste, y desde entonces siento mi corazón destrozado, tristeza y más tristeza hay dentro de mi corazón, ya no sueña ni suspira como antes, ahora sólo hay lágrimas y más lágrimas dentro de mí. Mi corazón hace tiempo está llorando lágrimas de dolor y tormento.

Hubo un pequeño lapso de silencio, y luego proseguí:

—Si algún día, me ves en los brazos de otra mujer, ten por seguro, que es por no morir de tristeza, por no morir del recuerdo de tu sonrisa, por no morir del recuerdo de tu mirada. Ten por seguro, que es por no morir de tu recuerdo, porque tu recuerdo me está matando poco a poco, y si no busco alojo en otros brazos, creo, que moriré poco a poco.

¡Oh!, Adria, Algún día en algún lugar, no sé dónde pero en alguna parte, te acordarás de mí, y sufrirás como yo sufro por ti, porque tú me quieres como yo te quiero a ti, porque tú sientes por mí lo que yo siento por ti, por eso algún día en algún lugar, no sé dónde pero en alguna parte, te acordaras de mi y sufrirás al recordarme como sufro yo al recordarte.

Ya era de noche. La luna se había despertado hacía unas horas y se reflejaba en el agua, la escuela estaba desierta y callada. Entonces ella dijo:

—Debo irme ya, mis padres estarán preocupados por mí, porque ya es de noche.

Yo caminé con ella hasta cerca de su casa, y luego me despedí.

El siguiente día la busqué, pero no la encontré, y mi agonía por verla era muy grande aún sabiendo que no la debería de buscar más.

Capítulo 8

EL BESO QUE NUNCA PUDO SER

*P*asó más de una semana sin verla, porque de vuelta se ausentó por unos días. Y faltando una sola semana para nuestra graduacion, la encontré en el jardín de la escuela, observando las pocas rosas que había. Me acerqué, y le dije:

—Todos estos días pasados te he buscado, ¿dime, Adria, si te escondes de mí?

Ella contestó:

—No me escondo de ti, Luciano, pero no debes buscarme más, trata de olvidarme; que yo también trataré de olvidarte, a ti.

Luego le dije:

—¡Oh!, Adria, feliz era yo antes que te cruzaras en mi camino, porque desde el día que te cruzaste en mi camino estoy sufriendo por ti, porque me gustaste desde el primer momento que te vi, y desde entonces empecé a sufrir por ti. Porque tú me gustabas mucho y yo no te conocía. Y después de verte tanto te fui queriendo poco a poco, y fui sufriendo más y más, porque no me conocías y no sabías que yo te quería. Después un día ya no pude esperar más, ¿recuerdas?, estudiabas cuando todo nervioso llegué y te hablé. Al escuchar tu voz, al ver tu mirada, al ver tu sonrisa sentí que ya te amaba profundamente y te quise más y más. Y después de muchos meses de conocerte ya no pude esperar más y te hablé de mi amor, y me rechazaste, y desde entonces estoy sufriendo por ti.

Sus ojos negros, se mojaron como los pétalos de una rosa por el rocío de la mañana, y brillaron como dos luceros, me miró a los ojos, con una mirada profunda y maternal, y exclamó:

—¡Oh!, misterioso amor, ¿por qué creciste entre la yerba y las espinas? ¿Por qué sembraste tu semilla de dolor entre los dos? ¿Por qué?...

No pudo terminar de arrojar su pena en frases porque sus lágrimas brotaron de su corazón y rodaron por sus bellos ojos. Hubo un lapso de silencio, entonces continuó diciéndome:

—Te llevo en lo más profundo de mi corazón y sentimientos, tú abriste las puertas de mi corazón, y mi alegría fue por doquier, y mi tristeza murió, y cantaste una canción al silencio de mi corazón. Muchos fueron los días de pena, y muchas fueron las noches de mi soledad, y tú viniste como un ángel, trayendo las alegrías y las ilusiones a mi vida. Pero, hoy, tenemos que decirnos adiós, y el lamento de este adiós, me desgarra el corazón. Yo también te amo y te di amor en silencio, pero hoy tenemos que decirnos adiós.

Ella calló por un momento para secar sus lágrimas, y yo sentí un deseo muy grande de abrazarla entre mis brazos: ¡pero que lejos estaba de mí! Entonces continuó:

—Aceptemos con valor las bofetadas de la vida y sigamos nuestra jornada.

Yo estaba atento y silencioso escuchando el cruel adiós de sus labios, cuando mis lágrimas brotaron de mi corazón, y me llenaron el pecho de tristeza y dolor. Luego ella dijo:

—El amor llegará a tu vida, como llegan las olas del mar a la orilla de la playa. Como llega la mañana y la noche, como llega la vida y la muerte. Así llegará el amor a tu vida, porque yo rezaré para que llegue a ti, para que llegue a tu vida.

Luego yo dije:

—¡Oh!, Adria, te di todo mi amor sin que quedara nada en mi vida, para que después me dejaras triste y caído en un mar de amarguras...

Luego ella levantó su mano y puso dos de sus dedos en mis labios para que no siguiera hablando, y dijo:

—Por favor, no digas más..., ya debo irme.

Acarició mis labios con sus dedos y dijo:

¡Adiós para siempre amor de mi vida!

Desesperado yo le tomé la mano y la detuve diciéndole:

—¡Démonos un beso de despedida, para guardarlo por siempre en mi alma y en mi corazón toda mi vida!

—Sí, está bien.

Dijo ella.

La acerqué hacia mi cuerpo, mi brazo rodeó su cintura, y estando a punto de besarnos; se desmayó en mis brazos.

—¡Adria, qué te pasa despierta! ¡Adria, Adria, me escuchas!... ¡Por favor ayúdenme!... ¡Ayúdenme!

Grité yo asustado mientras dejaba caer a Adria al suelo dócilmente. Se acercaron unos estudiantes, y dije yo:

—Por favor, alguien vaya a llamar una ambulancia.

Me quité mi suéter y se lo puse como almohada a Adria. Se empezó a llenar el área de estudiantes, y un compañero nuestro le toma el pulse, y dice:

—tiene pulso y está respirando.

Su cara estaba pálida y estaba ella inconsciente, acomodé su pelo largo sin darme cuenta que era la primera vez que tocaba su pelo largo. Me supongo que yo también estaba pálido por el susto y la preocupación, llegó la ambulancia, recogieron a

Adria y yo me fui con ella, llegamos al hospital y ya esperaba un médico y unas enfermeras a la ambulancia, bajaron a Adria de la ambulancia y fue dirigida a un cuarto privado. Entonces el doctor me dice:

—Espera afuera, por favor.

La puerta quedó medio abierta, y vi cuando las enfermeras desvestían a Adria para ponerle una bata de hospital mientras otra buscaba su vena del brazo para suministrarle suero vía intravenosa, luego el médico le puso una máscara de oxígeno, después serraron la puerta por completo. Me recargué en la pared del pasillo enfrente de la puerta donde estaba Adria, y sin darme cuenta, rodaban las lágrimas por mis mejillas, sintiéndome angustiado y afligido. Al cabo de un rato salieron del cuarto, y el médico me pregunta:

—¿Qué eres tú para Adria?

—Soy amigo de ella.

Luego el médico dijo:

—Ya está estabilizada, te puedes marchar.

Yo le dije:

—Quiero verla.

El médico dijo:

—Las visitas son nada más para los parientes cercanos.

Y el médico empezó a retirarse, entonces yo le dije:

—Yo soy más que un amigo.

El médico se detuvo, me miró a los ojos, y supongo que se compadeció de mí al ver que mis ojos estaban mojados por las lágrimas, y dice:

—Está bien, puedes entrar a verla, pero, que no hable mucho, déjala descansar.

Y vi marcharse al médico. Abrí la puerta del cuarto de Adria y ya estaba consciente. Entré, y al verme sus ojos se llenaron de lágrimas, y dice:

—¡Oh!, Luciano…

Hubo un silencio por algunos segundos, y luego volvió a decir:

—Ayúdame a subirme un poco más hacia arriba de la cama. Y pon otra almohada aquí atrás de mi espalda.

Hice lo que me pidió, quedó casi en posición sentada, y me dice con lágrimas en los ojos:

—Perdóname, Luciano, el destino ha querido que tú sepas la verdad…

—No; no, hables, el doctor me dijo que te dejara descansar.

Le dije mientras rodaban las lágrimas por mis ojos y suspiraba con sollozos.

—No, Luciano, te tengo que pedir perdón por lo que te he mentido. Nunca existió el viaje de regreso a mi país natal, nunca hubo tal viaje. Bueno, sí hay un viaje a donde pronto me marcharé para nunca más volver, ¡y, es el viaje de la muerte!

Yo empecé a llorar más al estar escuchándola y no pude frenar mis lágrimas ni mis sollozos, luego ella me tomó la mano, y prosiguió diciendo:

—Mi enfermedad ya está en la última fase, es por eso que en los últimos meses me ausentaba de la escuela por las recaídas que tenía más a menudo como ésta. Luciano, pronto voy a morir…

Yo besé su mano con mis labios temblorosos y sollozos, y en su mano cayeron mis tristes lágrimas amargas.

—Luciano, es por eso que rechacé a tu amor, porque cómo iba yo atarte a mi corta vida. Es por eso que nunca te brindé mis besos y mis caricias: para que fuera más fácil para ti olvidarme; cuando yo ya no estuviera a tu lado.

Me dijo ella mientras sus lágrimas también rodaban por sus bellas mejillas. Luego le dije yo aún con lágrimas en mis ojos:

—¡Oh!, Adria, yo nunca te olvidaré, siempre vivirás en mi mente, en mi alma y en mi corazón.

Se abrió la puerta lentamente, ella soltó mi mano, y vi entrar a sus padres, entonces el padre me pregunta:

—¿Tú eres Luciano?

—Sí, señor.

Contesté yo. Luego volvió a decir:

—Yo soy Lucio y ella es Zara mi esposa.

—Mucho gusto señor, señora.

Contesté yo dándoles mi mano. Luego el padre de Adria volvió a decir:

—Sal del cuarto por un momento, yo te llamo cuando puedas entrar.

—Sí, señor.

Contesté yo y salí del cuarto. Me volví a recargar en la pared frente a la puerta del cuarto de Adria, y me pregunté a mí mismo:

—¿Por qué conocen mi nombre? ¿Acaso Adria les hablaría alguna vez de mí?

Después de un rato salió el padre, y me pregunta:

—¿Tú estás enamorado de mi hija?

—Sí, señor.

—Bueno, pues ahora ya sabes la verdad de su vida y su destino, su enfermedad está en la última fase, los médicos nos han dicho que ya no saldrá de este hospital, éste es el final.

Mis lágrimas volvieron a rodar por mis mejillas y abracé al padre de Adria, a un hombre extraño al cual yo nunca había visto, pero que nos unía el mismo amor y el mismo dolor, él me abrazó y sostuvo sus lágrimas. Luego lo dejé de abrazar, y le dije:

—Señor, me da permiso de venir a visitar a Adria mientras está aquí en el hospital.

—Solamente si cambias tu actitud.

Me dijo.

Luego dije yo:

—No le entiendo, señor.

Luego él dice:

—Mi hija muy pronto va a entrar a la agonía, así que tenemos que ser fuertes, y mostrarnos a ella serenos, fuertes y contentos por los días que aún ella va a estar con nosotros, y así, le daremos un poco de alivio del sufrimiento psicológico, espiritual y emocional por su enfermedad terminal.

Volvieron a rodar las lágrimas por mis mejillas, y yo le dije:

—Sí, señor, cambiaré mi actitud.

—Bien, puedes pasar a despedirte de mi hija, y dejaré dicho que tú tienes permiso para visitarla a cualquier hora.

Entramos los dos hombres al cuarto de Adria, y Zara la mamá de Adria dice:

Luciano, tú eres como si ya te conociéramos por mucho tiempo, Adria siempre nos ha hablado de ti.

Luego el padre de Adria dice:

—Le he dado permiso a Luciano, hija, para que te visite cuando él quiera mientras estás aquí en el hospital.

—Gracias, padre.

Luego me acerqué a Adria, y le dije:

—Me retiro para que estés a solas con tus padres, mañana te visito.

Puse mis manos en las manos de ella y nos despedimos con una mirada, luego me dirigí a los padres de Adria, y dije:

—Señor, Lucio, Señora Zara, buenas noches.

Salí del cuarto y caminé rumbo a casa como un alma en pena. Y así también empezó mi agonía de mi vida ese día.

CAPÍTULO 9

LA AGONÍA

*Y*o llegué a casa, entré a mi cuarto, serré la puerta, me senté en mi cama y empecé a reflexionar sobre todo el suceso de ese día. Y sin darme cuenta ese día no comí, pues la pérdida del apetito era el primer síntoma del comienzo de mi agonía.

El siguiente día, llegué a la escuela, pues tenía los últimos exámenes para terminar con las clases de ese semestre y así graduarme. Terminé ese día con la mayoría de los exámenes, y después me dirigí hacia el hospital con un ramo de rosas rojas. Cuando llegué, abrí la puerta del cuarto de Adria lentamente, y estaba ella sentada en la cama comiendo su cena, Entonces le digo:

—Te traje estas rosas rojas.

—¡Ay!, que bonitas, muchas gracias.

—¿Cómo te sientes?

—Me siento bien.

Me dijo con una sonrisa, y se miraba muy serena. Luego le dije yo:

—Sigue comiendo mientras te cuento…

Callé por un momento, frustrado por dentro, pensando si estaría bien que le hablara de que hoy había hecho la mayoría de los exámenes y había terminado con esas materias. Puse las flores en un florero y me quedé callado.

—¿Por qué te quedaste callado, Luciano? Mira, Luciano, si vas a venir a visitarme, quiero que expreses todo lo que quieras decir sin temor alguno, y también que no escondas tus verdaderos sentimientos, tú y yo ya sabemos cual es mi destino, así que no tenemos que ocultar nuestros sentimientos y no se tiene que callar lo que se quiera o se necesite decir. Ahora, dime, qué es lo que me ibas a contar.

—Pues te cuento que ya terminé con la mayoría de las clases, ya nada más me queda un examen para mañana.

—¿Y cómo crees que hiciste en los exámenes?

—Me sentí bien, no tengo duda de que sí hice bien.

—Me alegro por ti, Luciano. Yo quise ganarle a esta enfermedad con unos días más para terminar y graduarme, pero, ya no me permitió terminar con mis clases que llevaba, ya no me permitió graduarme.

Terminó de hablar y yo no supe más que decir, pues que palabras de aliento, de ánimo, de consuelo y de fuerza se le puede decir a un ser moribundo. Entonces le digo:

—Termina de comer tu cena.

—Ya no quiero, ya comí bastante.

Dijo ella y retiró su bandeja de su lado, luego me pregunta:

¿Ya estudiaste para tu examen de mañana?

—Ya lo que está aprendido, está aprendido. Y no creo que pudiera concentrarme en los libros.

—¡Ay!, Luciano, tienes que ser fuerte y aceptar esto que está pasando con resignación: que yo ya lo acepté.

Me acordé del padre de Adria que me dijo que tenía que mostrarme fuerte y sereno para aliviar el sufrimiento psicológico, espiritual y emocional de Adria. Pero a Adria no le podía mentir, pues cómo le iba a mentir a ella, si ella transcendía hasta lo más profundo de mi alma y mi corazón, y miraba mi angustia y mi más amargo dolor. Y me di cuenta que yo era el que necesita ayuda psicológica, espiritual y emocional, y por más que traté de frenar mis lágrimas no pude, ¡no pude!, ella tomó mi mano y trató de consolarme, pero, también, que palabras de consuelo se le puede decir a un hombre que también está en agonía, porque la muerte se está llevando al amor de su vida. Sequé mis lágrimas y con una sonrisa, le dije:

—Perdóname, Adria, por ser tan llorón. Déjame ponerle agua a las flores.

Me levanté a agarrar agua para ponerle a las rosas rojas que le había traído a Adria. Terminé de ponerle agua a las rosas, y Adria vuelve a decir:

—Ven, Luciano, que tenemos que hablar.

Me volví a sentar cerca de ella, y me dijo sabiendo que yo ya había entrado en mi propia agonía:

—Mira, Luciano, te voy a decir por lo que vamos a pasar y lo que vamos a padecer tú y yo: ya pronto entraremos a un estado emocional donde perderemos el apetito y el sueño, tendremos miedo y ansia, habrá momentos donde nos sentiremos con enojo, ira, cólera, agraviados, desconsolados, enfadados y abandonados, nos revelaremos contra Dios y la vida reclamando: ¿Por qué yo?, ¿por qué a mí?, nos llegará una terrible soledad y una intensa desolación, así como una angustia acompañada de una profunda depresión. Te digo esto para que estés preparado y seas fuerte, y no te dejes caer. Prométeme que no te vas a dejar caer.

—Te lo prometo, Adria.

Le dije yo, besando su mano, mientras mis lágrimas rodaban por mis mejillas.

Luego ella dijo:

—Ya me cansé de estar en la cama, voy a llamar a la enfermera para que me ayude a levantarme y sentarme en la silla.

La enfermera llegó y me pidió esperar afuera del cuarto. Una vez que salió la enfermera del cuarto, volví a entrar yo, me senté enfrente de Adria y ella me tomó la mano, y me dice:

—¡Mi Luciano!, tú eres al único hombre a quien yo le abrí las puertas de mi corazón, y el único hombre que he querido en la vida.

Adria me hizo sentirme querido y comprendido, lo cual tenía que ser al contrario: yo era quien tenía que hacerla sentirse querida y comprendida para ayudarle a aliviar su sufrimiento de su enfermedad terminal.

—Luciano, tú tienes todo a tu favor, tienes tu vida, salud y juventud, lucha por alcanzar tus sueños y tus metas. Y que mi historia para ti no sea un obstáculo, una traba para seguir viviendo con afán. Después de que yo me vaya no te preocupes ni pierdas el tiempo en curar las heridas, sólo el pasar del tiempo aliviará tus heridas, tú continúa día a día luchando por tus sueños y metas aunque aún esté el dolor dentro de ti, que el dolor no sea nunca un obstáculo para seguir adelante. No te dejes caer, y si caes levántate, que la fuerza está dentro de ti para levantarte. Sólo los cobardes no se levantan.

Adria me consoló, y me contagió con su paz y su serenidad. Empecé a escuchar leves ruidos que ya acompañaban sus palabras, entonces le dije:

—No hables más, creo que ya debes de descansar.

Se abrió la puerta y entraron sus padres. Yo saludé a los padres de Adria, me despedí de Adria y de sus padres y me retiré.

El siguiente día, llegué a la escuela y me dirigí a tomar el último examen de ese semestre. Terminé con el examen de biología, y al levantarme de la silla me sentí mareado, pues tenía dos días sin dormir ni comer. Y me di cuenta que tenía que comer para no enfermarme y faltarle a Adria en sus últimos días de vida.

Llegué al hospital, abrí y serré la puerta dócilmente, Adria se encontraba acostada de lado en la cama, me senté sin hacer ruido, pero ella ya había escuchado cuando abrí y serré la puerta, entonces me dice:

—Ayúdame a sentarme.

La ayudé a sentarse, le puse dos almohadas detrás de la espalda, y luego me senté. Observé su cara y su cuerpo, y vi el continuo y progresivo deterioro de su físico, mentalmente se encontraba con lucidez y mostraba serenidad. Luego Adria me toma la mano y me dice:

—Luciano, ya empiezo a sentir el terror dentro de mí, pero no es miedo porque voy a morir, no; Luciano, mi terror es que mi físico continúe deteriorándose y quede bien fea, mi terror es llegar a sentir un dolor más intolerable del que siento ahora, porque ya los medicamentos no están respondiendo a mi dolor.

Luego yo le dije mientras mis lágrimas rodaban por mis mejillas.

—¡Oh!, Adria, te juro que si yo tuviera el poder cambiaría tu lugar por el mío.

Luego sentí un leve apretón de mano, y me vuelve a decir:

—Luciano, he pensado en la Eutanasia o en la Ortotanasia.

Luego dije yo:

—Explícame la diferencia.

—La eutanasia es una muerte suave, sin dolor y sin sufrimiento, asistida por un médico. Usada por razones humanitarias para los enfermos desahuciados con dolores devastadores que no responden al tratamiento ya más.

La ortotanasia es dejar morir con dignidad a un enfermo con una enfermedad terminal sin aplicarle tratamiento o procedimientos médicos que alarguen su vida y su sufrimiento.

La eutanasia es: "máteme doctor", la ortotanasia es "déjeme morir con dignidad doctor".

Luego dije yo:

—¿Pero, si te pueden seguir dando medicina para calmar tu dolor en la ortotanasia?

—Sí, por supuesto, que sí. Dime, ¿cuál crees tú que sea la mejor?

Yo conteste:

—Ninguna, porque no quiero que te mueras.

Contesté yo con voz baja como un murmullo. Porque mis sollozos no me permitieron que mi voz saliera clara. Entonces me vuelve a decir:

—Pero no te preocupes, son nada más pensamientos, a la mejor me muero antes de que mis temores se hagan una realidad. Ahora necesito que te vayas, porque siento la necesidad de estar sola, también no quiero que vengas mañana, dame un día para estar sola.

Puse mi otra mano en la mano de ella, luego me solté y salí del cuarto sin decir nada.

Yo obedecí a su pedido, y por ese día, y por el siguiente día, no la visité al hospital, pues me di cuenta que ella quería un periodo de silencio. Yo también necesitaba un periodo de silencio para meditar sobre mi estado mental, pues, yo ya no dormía, ya no comía, empezaba a sentir coraje hacia Dios y hacia la vida. Y sintiendo una gran angustia y una inmensa soledad dentro de mí, me fui a caminar a la orilla del mar. El sol empezaba a hundirse a lo lejos en el poniente, y pintaba el mar y el cielo de un color marrón, yo caminaba descalzo a la orilla de playa, sintiendo el agua de las olas que de vez en cuando llegaba a mis pies, entonces con coraje le pregunto a Dios:

—¿Por qué a mí? ¿Por qué yo? ¡Oh!, Adria, ¿por qué fui a poner mis ojos en ti? ¿Por qué no los puse en otra mujer si mi amor nunca se iba a realizar contigo? ¿Por qué fue el destino tan cruel conmigo? ¿Por qué te fui a entregar mi corazón a ti para sufrir toda mi vida? ¿Por qué te fui a querer si lo nuestro nunca iba a ser? Amiga mía, yo te amo más que a mi propia vida, y nuestro amor no puede ser, sólo Dios sabe porqué. Amiga mía yo te querré toda mi vida, aunque tú ya del cielo seas, aunque seas ajena a mi vida. Amor mío, amor de mis amores, ¿por qué te quise tanto sin tú haberme dado nada?

Caminé ese día por la playa meditando sobre todo lo perturbado que me encontraba, y sobre todas las emociones negativas que ya se habían apoderado de mí. Luego me acordé que le había prometido a Adria que yo no me dejaría caer.

El siguiente día, llegué al hospital, entré al cuarto y observé que Adria continuaba deteriorándose por la evolución de su enfermedad, me miró a los ojos, con sus ojos ya hundidos, y trasmitió una sensación de paz dentro de mí, pues se encontraba serena, sin miedo y sin angustia. Y ella me dice:

—Luciano, si mi vida se alarga y sintiera yo dolores extraordinarios, dolores intensos y constantes... ¡ay!..., siento que me ahogo..., dolores más fuertes que los que siento ahora, y mi vida fuera un tormento: ¿me ayudarías a suicidarme?, sería un homicidio por piedad, una muerte piadosa.

Yo solté el llanto como un niño, y mientras mis lágrimas rodaban, ella continuó:

—Lo único que tú tienes que hacer es asistirme, yo sé como hacerlo.

—Perdóname, Adria, no tendría el valor de hacerlo.

Luego ella al ver mi angustia cambió el tema y dice:

—Luciano, prométeme que vas a vivir tu vida a lo máximo, ya ves como mi corta vida se extingue. Quiero que tú vivas los años que yo no pude vivir con plenitud. Y quiero que cuides celosamente tu alma y tu espíritu, yo sé que es imposible que de vez en cuando las cosas el mundo no enfermen nuestra alma y nuestro corazón, pero nosotros tenemos el remedio dentro de nosotros para curarnos enseguida, y así evitar que esas enfermedades del alma y del corazón nos hagan daño, prométeme que te vas a cuidar de las enfermedades que llegan al alma y al corazón.

—Te lo prometo, Adria..., te lo prometo.

Le dije con voz melancólica.

Llegaron los padres de Adria y me despedí, pues siempre trataba yo de darles su espacio.

El siguiente día, llegué al hospital, y me di cuenta que ya eran los últimos días de Adria, pues vi su pálido rostro con sus ojos hundidos, su nariz afilada y su boca seca. Y con su visión borrosa, pregunta:

—¿Quién llegó?

—Soy yo Adria, Luciano.

Le tomé el pulso y ya era irregular y rápido. Y desorientada, por el deterioro del estado de la conciencia, dice:

—¡Ah!, Luciano.

Me tomó la mano con ahogos y voz ruidosa, y dice:

—¡Oh!, mi Luciano, yo me voy y te dejo en este valle de lágrimas. A homenaje al gran amor que me tienes, quiero que seas fuerte y siempre enfrentes la realidad de la vida cualquiera que sea. La vida es una lucha y se lucha hasta el final. La felicidad es buscarla cada día, así que quiero yo; que cada día tú busques la felicidad. Luciano, dentro de nosotros hay un tesoro tan inmenso y hermoso que no hay tesoro en la tierra que se le pueda comparar, sólo se puede comparar con la gloria si es que no es la gloria misma, y ese tesoro es la paz, busca la llave, encuéntrala, está dentro de nosotros.

Me dijo con palabras dulces y serenas, y su paz y su iluminación espiritual iluminaron el espacio y el ambiente, así también; como a mi alma, a mi corazón y a mi mente.

Ella no dijo más, y se quedó dormida. Y así Adria me levantó de mi agonía, y puso mis pies en el camino de la sabiduría y de la esperanza, con la enseñanza de vivir mis años por venir. Yo me quedé a su lado, pues era la etapa donde un enfermo siempre debe de estar acompañado.

Después de unas horas, llegaron los padres de Adria, y yo salí.

El siguiente día, llegué al hospital, abrí la puerta, y entré al cuarto de Adria, pero, ella ya no estaba allí, entonces me senté en una silla al lado de la cama y empecé a llorar amargamente lamentándome y diciéndome a mí mismo:

—¿Por qué no le confesé mi amor más pronto a Adria? ¿Por qué dejé pasar tanto tiempo? ¡Oh!, si no hubiera sido tan cobarde, si no hubiera sido tan tímido, quizá hubiera sido mi novia, quizá hubiera sido mi esposa, pero, me tardé mucho en confesarle cuanto me gustaba y cuanto la quería. !Oh!, ¡cómo me lamento! Así le hubiera ganado más tiempo a la muerte y hacer que Adria me aceptara, y así haber podido tenerla en mis brazos, y haber podido besar sus labios, probar sus besos y sentir sus caricias. ¿Por qué me callé por tanto tiempo? Si le hubiera hablado antes, hubiera tenido más tiempo para conquistarla, y haber logrado que me aceptara, pero, fui un cobarde, ¡fui un cobarde! ¿Por qué no luché antes para ganarle a la muerte? ¡Oh! ¡Cómo me lamento que la muerte haya llegado a nuestras vidas, y a nuestro destino!

Al cabo de un rato, entró el padre de Adria, y me dice:

—Adria murió ayer en la tarde después de que tú te fuiste, ella ya no despertó más, murió en paz. Mañana la vamos a enterrar en el panteón de la ciudad a las diez de la mañana.

Y diciendo estas palabras, se retiró el señor Lucio.

Terminaron de enterrar a Adria, y poco a poco se marchó la gente que acompañó a los padres de Adria, después la tumba se quedó solitaria, sólo yo permanecí allí, caí de rodillas en llanto, y le dije:

—¡Oh!, Adria, ¡aquí también se queda enterrado mi corazón junto al tuyo!

FIN

Printed in the United States
By Bookmasters